I0546341

OPINION

DE LA PRESSE PARISIENNE

SUR

SPARTACUS.

JOURNAL DES DÉBATS

À propos de tragédie. L'Odéon, cet infatigable Odéon, nous a donné un *Spartacus* en cinq actes et en vers.

Spartacus, un esclave, un vil gladiateur,

un de ces héros qui tiennent du brigand, et qu'il fallait nous montrer tout simplement dans leur brigandage.

Saurin, qui s'appuyait un peu sur les complaisances de Plutarque, avait fait de Spartacus un grand homme; pourquoi M. Hippolyte Magen n'a-t-il pas voulu en faire un bandit? C'est qu'il a écrit son *Spartacus* le lendemain de *Lucrèce*. C'est qu'il a voulu, lui aussi, tenter l'effet de la rocambole romaine, la peinture des vices, le récit des batailles, la narration des fêtes, la déclamation empruntée à Sénèque, et ces médiocres accessoires de licteurs, de festins, de pourpre, de triomphes; en un mot, du *trompe-l'œil*, qui ne pouvaient nous tromper qu'une fois.

Vous voyez d'abord Spartacus uni par un mariage secret à l'une des plus grandes dames du monde, à la propre sœur de Lucullus, de dignité consulaire, qui avait pour oncle maternel Metellus, surnommé Numidicus, parce qu'il avait conquis et subjugué la province de Numidie. Ceci soit dit en passant pour vous montrer comment ces républicains de Rome respectaient la noblesse de leur maison, avec quel orgueil passionné ils tenaient à leurs origines, et que, en dépit des mensonges de la tragédie, il est impossible de supposer que la fille du Consul, dans la tragédie de Saurin, ou la sœur du Consul, dans la tragédie de M. Magen, ait consenti jamais, non pas à épouser, mais à regarder en face un être au-dessous de l'homme ! Je vous en prie, soyons donc un peu vrais, même quand nous faisons des tragédies ! Si vous vouliez absolument que Spartacus fût marié, que ne lui laissiez-vous sa vraie femme, cette belle princesse des Gaules qui prédisait l'avenir ? — Toujours est-il que, dans notre tragédie, la sœur de Lucullus a été sauvée des griffes d'un lion par le gladiateur Spartacus, qu'elle a épousé son sauveur, et qu'elle en a eu une fille nommée Junie.

Après les indécisions nécessaires du premier acte, et quand Lucullus a prouvé à sa sœur qu'il ne lui permettrait jamais d'épouser un esclave, Spartacus se décide à la révolte, et d'autant mieux qu'il ne peut pas faire autrement. Lucullus, en effet, a des soupçons, et le même soir, après que les Romains auront dîné dans le *Salon d'Apollon*, Lucullus donne un combat de gladiateurs. Dans ce combat, Spartacus jouera son rôle. Spartacus entre dans le cirque ; il combat, il triomphe, et soudain, d'une voix tonnante, il appelle les esclaves à son aide.

Dans l'entr'acte, Spartacus est vaincu une première fois, et tout le quatrième acte est employé par Idamis à le faire évader, malgré Lucullus qui veut en finir, car il donne encore un grand festin, ce soir, et Lucullus ne sera pas fâché de voir mourir l'esclave.

> .... Tandis qu'en souriant
> Des *vierges* danseront les pas de l'Orient,
> Et qu'un jeune échanson, venu de Mytilène,
> Couronnera de fleurs ma coupe neuf fois pleine.

Bref, le gladiateur s'échappe, sauvé par Idamis.

Mais Idamis, si elle remplit les devoirs de la femme, se souvient aussi qu'elle est Romaine. Elle a fait sauver Spartacus, elle lui a mis les armes à la main, et au cinquième acte, Spartacus est aux portes de Rome. On voit le Capitole dans le lointain ; *Capitolium fulgens* : c'est le cas de le dire, car la toile est jaune comme de l'or. Donc, quand elle voit son mari vainqueur de Lucullus, et Rome à demi perdue, Idamis songe à sauver Rome. Alors, nouveau Coriolan, Spartacus voit à ses pieds, suppliante et craintive, la femme qu'il aime le plus au monde... Le gladiateur, moins bon mari que Coriolan n'a été un bon fils, ne veut rien promettre à la Romaine Idamis. Bien plus, il fait combattre trois cents captifs — ô douleur ! des citoyens Romains — sur le tombeau d'un sien capitaine, mort dans la mêlée. Certes, c'est bien mal répondre aux prières de sa femme, et même aux prières de sa fille, car notre héros profite de sa victoire pour dire à Junie : *Je suis ton père !*

Cependant, après la fête des funérailles, Spartacus s'attendrit sur les malheurs de la République, et peut-être va-t-il pardonner au Sénat et au peuple Romain, quand le héros est frappé par Ruscile, tribun du peuple et l'amoureux de Junie. Blessé à mort, Spartacus revient dans sa tente, il marie sa fille Junie avec ce même Ruscile, *qui est un bon citoyen*, et il meurt pleuré de tous, dans les bras de ses enfants et de sa femme qui s'écrie

> Romains, que ce héros soit par tous respecté,
> Il meurt pour son pays et pour la liberté !

Cette tragédie est tout à fait ce qu'on appelle une tragédie, elle parle, elle agit, elle pense, elle vit, elle meurt comme une tragédie ; elle a l'habit, l'allure, la pamoison, le hoquet d'une tragédie représentée il y a six mois, au temps de la neige et des tragédies. *Spartacus* eût tenu sa place parmi les tragédies ; aujourd'hui, c'est s'y prendre un peu tard pour s'envelopper du linceul troué d'*Agnès de Méranie* et du *Syrien*. Non pas que M. Hippolyte Magen manque d'esprit, d'éloquence et de talent, mais il a été la dupe de ces résurrections de vingt-quatre heures ; il a pris une momie de M. Gannal pour un être vivant ; il n'a pas vu que la moelle était retirée de ces os, que le sang était parti de ces artères, que ce crâne pelé était vide, que ces yeux hagards étaient des yeux d'émail. Par le Ciel ! au nom de Corneille, au nom de Racine, au nom de Voltaire, je vous en prie et je vous en supplie, jeunes gens qui prenez le masque des vieillards, ne faisons plus de tragédies ! ne faisons plus de tragédies ! ne faisons plus de tragédies ! On doit être un homme d'esprit à meilleur compte, un homme de talent à meilleur marché.

Malheureusement cette tragédie a réussi. L'auteur a su mettre un peu de mouvement et de vie dans ce cadavre ; son vers est net, bien fait, calme, et de la bonne école des tragédies. Rien n'eût manqué à ce succès qui nous fâche, si dans son enthousiasme incroyable le parterre n'eût pas appelé l'auteur, et si l'auteur, qui est un jeune homme sans défense, ne s'était pas laissé traîner à ce triomphe malencontreux. Cette fois encore,

nous nous opposons, et de toutes nos forces, a ces ovations mal-
séantes. Ces sortes d'exhibitions ne conviennent pas a un écrivain qui se respecte. — C'est bien assez qu'il expose son esprit
aux applaudissements de la foule, sans exposer sa personne. On
s'est fâché, l'autre jour, d'entendre le Régisseur maladroit nommer *M. le Marquis* un tel. On s'est fâché bien davantage, et à
juste raison, quand on a vu l'Auteur violenté de *Spartacus* se dé-
battre contre l'homme qui le montrait, comme fait la victime
contre le sacrificateur qui pose sur son front rasé la farine et
le sel.

JULES **JANIN.**

LE CONSTITUTIONNEL.

Tandis que le Théâtre-Français s'endormait dans cette prose
narcotique de M. Souvestre, l'Odéon s'éveillait au bruit des for-
midables applaudissements prodigués aux vers de M. Hippolyte
Magen. Jamais succès ne fut plus bruyant; d'acte en acte, c'était
un tonnerre de bravos, et il y a cinq actes dans le *Spartacus* de
M. Magen; la tragédie avait dit son dernier mot; déjà la toile était
baissée, que l'enthousiasme, après trois heures de vivats frénétiques, n'était point rassasié; il a exigé que le rideau se relevât; il
a rappelé a grands cris M. Ballande-Spartacus; M. Ballande ne lui
suffisant pas, la foule, avec l'acteur, a voulu voir le poète en personne, par-dessus le marché; M. Hippolyte Magen a eu beau
faire; vainement sa modestie s'est débattue; M. Vizentini, le directeur, M. Ballande, tous les acteurs, tous les Romains, les esclaves et les maîtres, les gladiateurs et les consuls, ont pris M.
Magen au collet, le traînant de gré ou de force sur la scène, en
supplicié autant qu'en triomphateur. Je vous laisse a penser le
tumulte de l'ovation; le parterre éclatait en transports, il avait
senti le besoin urgent de manger le poète de ses caresses, et on
venait de lui donner M. Hippolyte Magen à dévorer. Sa faim pouvait enfin se satisfaire largement.

M. Magen n'avait pas rencontré, a beaucoup près, la même
sensibilité dans le cœur de MM. les sociétaires du premier Théâtre-Français. Enfant du peuple, fils de ses propres œuvres, arri-
vant d'Agen sa patrie, avec toute l'ardeur méridionale et l'espoir

et un avenir plein de poétiques rêves, M. Magen frappe à la porte du Théâtre-Français, son *Spartacus* à la main. La porte s'ouvre ; c'est pour M. Magen la gloire à deux battants. Il entre, palpitant, joyeux, et lit sa tragédie devant le comité vénérable. « Jeune homme, lui dit l'illustre tribunal, à l'imitation de M. Jourdain jeune homme, touchez là : Vous n'aurez pas ma fille ! » et le Spartacus sort avec un refus en bonne forme, par cette même porte où il entrait tout à l'heure couronné en perspective d'un prochain laurier.

L'Odéon est l'hôpital naturel où les blessés du Théâtre-Français se réfugient ; l'Odéon accueillit donc très charitablement Spartacus, le consola, le pansa, lui rendit l'espoir, le redressa sur son cothurne, et lui donna les moyens d'en appeler de la sentence du comité de la rue Richelieu, au parterre du faubourg Saint-Germain ; nous venons de voir avec quel bonheur et quel couronnement pour M. Magen.

Qui a tort des deux juges ? ce n'est pas le faubourg Saint-Germain. Sans doute on peut reprocher à M. Magen le roman de son invention ; son Spartacus conspirant à Rome, contre Rome, avec Tigrane, roi d'Arménie ; Spartacus marié secrètement à la sœur du consul Lucullus, et père, par ce mariage clandestin, d'une fille qu'il n'ose pas reconnaître ; ce Spartacus n'est pas un personnage d'une vérité romaine bien scrupuleuse. Mais si peu que vous en preniez votre parti, M. Magen vous mènera de surprises en surprises, et d'émotions en émotions ; il y a du mouvement, des péripéties, des situations énergiques, de la verve souvent, du style suffisamment, de l'honnêteté, toujours d'excellents sentiments et du cœur dans ces cinq actes. Le rôle de Spartacus est fier et bien tracé : c'est un noble esclave, un mari excellent, un père tendre, un insurgé énergique ; soit qu'il fasse son métier de gladiateur, et que Lucullus l'envoie aux tigres de l'amphithéâtre ; soit qu'il s'attendrisse avec sa femme, ou qu'il se livre, en pensant à sa fille, aux émotions paternelles ; soit qu'il s'indigne de ses fers et conspire avec Tigrane pour les briser ; soit qu'il lance ses tirades enflammées contre l'orgueil et les débauches de Rome, et menace du châtiment cette grande corrompue ; partout, en tout lieu, dans toutes les situations, Spartacus est digne d'estime et intéresse. Nous ne suivrons pas le héros pas à pas dans le labyrinthe de ses aventures, tantôt libre, tantôt esclave, victorieux et vaincu, à la tête de ses gladiateurs révoltés, ou sous

la hache du licteur, dans le cirque, ou, comme Coriolan, en ar
mes, aux portes de Rome ; Rome va succomber, malgré les priè
res de sa femme, qui joue ici le rôle de Véturie. Spartacus est
près de l'anéantir, mais une trahison l'arrête en ce moment déci-
sif; Spartacus, frappé dans la bataille, meurt avant d'achever son
triomphe. Lucullus fait jeter son cadavre aux gémonies.

La tragédie de M. Hippolyte Magen est plus qu'une espérance,
elle donne déjà de bonnes réalités ; maintenant, pourquoi ce refus
du Théâtre-Français ? Spartacus est une œuvre incontestablement
très supérieure à la tragédie de M. Beauvallet, reçue par acclama-
tion et jouée en grande pompe, sur cet illustre théâtre ; il est vrai
que M. Magen a un tort, le très grand tort de ne pas être socié-
taire, membre du comité de lecture, se lisant ses tragédies, se
les recevant et se les jouant à lui-même. J'ajouterai que Saurin
et son Spartacus ne sont, à leur tour, que de très petits garçons
à côté de M. Magen.

ROLLE.

LA PRESSE

Cette fois, après la Vienne et l'Hérault, qui ont donné le jour à
nos deux premiers écrivains tragiques, c'est le Lot-et-Garonne
(chef-lieu Agen,) qui vient d'obtenir la palme. Tout le Midi se
livre à la tragédie ; la domination romaine y a répandu les germes
de ses conceptions classiques. Le grec perce aussi par certains
points. Marseille, ancienne colonie phocéenne, élucubre en ce
moment une tragédie dans le goût d'Eschyle pour le théâtre historique. Mais n'anticipons pas. Le genre grec a toujours donné
davantage à l'imagination ; le goût romain se borne à des calques
et à des poncifs.

Aux premières scènes du Spartacus de M. Magen, on croit avoir
à faire à une tragédie pur sang, dans le goût de Pertinax ou
d'Arbogaste ; bientôt on voit arriver ce mélange de simplicité et
de grandiose, qui est le caractère de la nouvelle école tragique,
et que l'on pourrait comparer au style gallo-romain.

Ces réserves faites, nous devons constater un de ces succès
énergiques dont l'Odéon a le privilège ; un public nourri d'études

classiques ne pouvait manquer de faire a Spartacus, l'esclave re-
volté, l'accueil qu'il fit naguère a la républicaine Lucrèce.

M. Magen a remporté cette première couronne dramatique, si
fleurie et si épineuse a la fois, qui ne peut faire présumer le
talent, mais qui n'empêche pas qu'on y puisse croire. Quant au
sujet, il est conçu assez heureusement dans les conditions du
genre. Spartacus, esclave dans Rome et réduit au métier de gladiateur, est en secret l'époux d'une dame romaine nommée
Idamis. Cette dernière refuse la main d'un consul qui ne tarde
pas a deviner que Spartacus est son rival. Ce consul emploie dé-
sormais tout son pouvoir contre l'esclave; il le force a lutter
contre un tigre. Celui-ci triomphe, mais honteux de se voir réduit
si bas, il pousse a la revolte les autres gladiateurs ses compagnons. Le consul averti fait jeter l'esclave en prison, mais Idamis
trouve le moyen de le délivrer.

A la tête des esclaves révoltés contre Rome, Spartacus fait le
siège de la ville. Il fait a son tour des esclaves et des gladiateurs
de ses prisonniers romains. Au moment où il veut brûler Rome,
Idamis, sa femme, vient se jeter a ses pieds, comme Véturie aux
pieds de Coriolan. Spartacus hésite, ce qui laisse le temps à la
trahison de contrarier sa fortune. Blessé dans un dernier combat,
il vient expirer sur la scène en répandant, selon l'usage, un
nombre honnête d'alexandrins.

Cette tragédie aidera certainement l'Odéon a obtenir des
chambres sa subvention de cent mille fr., que la commission
voudrait réduire, sous prétexte d'une tendance fâcheuse au
drame dans les idées, et a l'enjambement dans les vers.

THÉOPHILE GAUTHIER.

LE NATIONAL.

Saurin dont le nom se présente naturellement ici, avait fait de
Spartacus un héros philosophe. « Je voulais, dit-il dans la préface
de sa pièce, tracer le portrait d'un grand homme, tel que j'en con-
çois l'idée; d'un grand homme qui joignit aux qualités brillantes
des héros la justice et l'humanité; d'un homme, en un mot, qui
fût grand pour le bien des hommes et non pour le malheur. » Ce

dessein philosophique mène le poète aux froides abstractions de *vertu* et de *nature* alors à la mode ; mais le caractère de Spartacus en reçoit beaucoup de grandeur et de noblesse ; l'esclave révolté devient un personnage sublime, véritablement digne de la scène héroïque : — avec la plume de Corneille, la tragédie de Saurin montait au premier rang.

Il y a quelques années, un jeune poète de talent, M. Beuzeville reprenait ce sujet de Spartacus, renchérissait sur l'idée morale de Saurin et transformait son héros de philosophe en apôtre :

> Je sens, vers l'avenir, que mon âme élancée
> Devine obscurément une grande pensée,
> Qui sur terre viendra fonder la liberté
> Par l'amour, la justice et la fraternité.

M. H. Mageu s'est tenu plus près que ses devanciers du caractère historique. Son Spartacus se réduit aux proportions d'un chef d'esclaves qui veut délivrer ses compagnons d'infortune et venger leurs longues souffrances. Sans doute de généreux sentiments, de nobles espérances animent son cœur, élèvent sa pensée ; mais il est dominé par une idée sombre et furieuse ; il songe à châtier le présent plutôt qu'à préparer l'avenir, et la vengeance lui sera plus chère que la liberté. Ce que le caractère gagne ainsi de vérité, il le perd en grandeur ; la scène s'abaisse au profit de l'histoire, la réalité plus vive fait pâlir l'idéal.

La fable même de M. Mageu, telle qu'il l'a conçue, entraîne l'infériorité du caractère tragique. Durant les quatre premiers actes, Spartacus est encore esclave ; nous le voyons subir une à une toutes les ignominies de la servitude, s'exaspérer jusqu'à la rage, se consumer en horribles menaces ; le héros, le libérateur s'efface derrière le gladiateur furieux, altéré de sang romain ; la haine de Spartacus, toujours étalée, nous fait oublier la cause de l'affranchissement, et l'intérêt du drame s'attache uniquement à cette passion de la vengeance.

Puis, les fers de l'esclave brisés à la fin, quelques scènes vont suffire pour peindre les combats et la mort du héros. Quatre actes de servitude, de souffrance et de fureur, un seul de gloire ! Toutes les batailles de ce vaillant révolté, qui tint tête deux ans aux légions de la république, sont résumées dans un seul discours : déjà Spartacus est vaincu, déjà il tombe frappé mortellement ; il ne reparaît plus sur la scène que pour expirer entre les bras de sa femme et de sa fille. Le héros a la carrière plus longue et plus belle dans la tragédie de Saurin : son épée vengeresse n'est pas si tôt brisée ; il balance la fortune de Rome, il partage les dieux ; et, lorsque le destin l'accable, il reste supérieur encore à ceux qui l'ont vaincu. Crassus, avant de l'envoyer au supplice, triomphe de sa défaite :

> .... votre âme inflexible et superbe
> Voulait voir nos remparts ensevelis sous l'herbe.
> De tous ces grands projets que reste-t-il ? — L'honneur

répond Spartacus

Les vers de M. Magen n'ont pas le défaut de ceux de Saurin, que Voltaire jugeait quelque peu *duriuscules* ; ils sortent au contraire d'une veine abondante et coulent sans efforts ; mais on y trouve un mélange de différents styles, le lyrique, le descriptif et le classique, des excès de facilité, et un abus de cette insipide couleur romaine, dont la tragédie se farde à plaisir depuis *Lucrèce*. « Les dieux bons, la quenouille de l'épouse, la robe garnie de frange, l'autel de Vesta, etc., etc. », — placage du moins bizarre sur le fond du langage classique :

> Cédant à ses penchants, la libre sympathie
> A de vains préjugés n'est plus assujétie.....

— Deux vers de M. Magen, assez abstraits pour être de Saurin.

Avec toutes ces imperfections, la nouvelle tragédie de *Spartacus* est une œuvre sérieuse et qui clôt dignement la saison de l'infatigable théâtre. Écrite avec chaleur, avec énergie, elle offre des scènes intéressantes, de fortes situations, des inspirations libérales, de nobles et généreuses pensées, et beaucoup de beaux vers. Le public, toujours prêt à accueillir les efforts d'un esprit honnête et élevé, s'est montré favorable. Il a écouté avec intérêt l'ensemble de la tragédie et vivement applaudi certains morceaux. M. H. Magen se trouve engagé, par ce succès, envers l'avenir.....

ALBERT AUBERT.

LA RÉFORME

Saurin fit jouer un Spartacus en 1760 ; le Spartacus de Saurin a pour père un chef fabuleux des Germains. Élevé dans l'esclavage, il a sucé cependant avec le lait de sa mère l'amour de la liberté ; mais il devient amoureux de la fille du consul Crassus. Spartacus conspire, Spartacus triomphe ; mais, vainqueur, il n'ose pas tuer Émilie, comme le demandent les esclaves révoltés, et cette faiblesse du héros pour une Romaine fait triompher la trahison de son lieutenant. Spartacus tombe au pouvoir de Crassus ; il est poignardé, et Émilie se tue sur le corps de son amant.

La fable du *Spartacus* de M. Hippolyte Magen n'est pas *aussi commune*. Spartacus d'abord n'est pas issu d'un roi ; et puisque l'histoire ne dit rien de l'origine de ce fameux révolté, nous remercions M. H. Magen d'en avoir fait un enfant du peuple. Mais le nouveau Spartacus est tombé à peu près dans le même péché que l'ancien ; il s'est laissé prendre aux charmes d'Idamis, sœur du consul Lucullus Varron. Un mariage secret l'unit à cette Romaine, et un lien plus puissant peut-être, une jeune fille fruit de cette union, pourra bien arrêter son bras prêt à s'appesantir sur Rome.

Il faut avouer cependant que la position de Spartacus est ici plus dramatique. Idamis aussi se relève par les plus nobles sentiments. Elle est fière de son époux et n'ose pas le nommer de peur que la vengeance de Varron ne s'étende sur lui ; mais elle a beau faire, le Consul devine les liens mystérieux qui l'unissent à l'esclave. Des jeux sont offerts au peuple-roi, et Varron choisit Spartacus pour combattre un tigre du Caucase. Cette façon tout aimable de se débarrasser d'un beau-frère qui l'humilie ne réussira pas. Spartacus sort vainqueur de ce combat ; mais le fer dont on l'a armé pour le cirque va s'abattre sur les Romains. Il excite les esclaves, et pendant une orgie des fils dégénérés de Romulus, il donne le signal de la révolte. Trahi par le sort après un premier combat, Spartacus est plongé dans un cachot où Varron le raille avant de lui annoncer que le licteur va venir pour le frapper. A Varron succède Idamis ; elle a séduit le gardien, et vient lui annoncer que des amis vont venir le délivrer. En auront-ils le temps ? Voici le licteur. Spartacus va se frapper lui-même quand Idamis revient et arrête son bras. Les esclaves accourent et Spartacus vole à de nouveaux combats, pendant qu'Idamis, qui a fait son devoir d'épouse, va faire ce que lui ordonne sa qualité de Romaine. — Spartacus a triomphé ; il ordonne aux Romains vaincus de descendre au cirque à leur tour et de se déchirer entre eux comme on le forçait naguère de se déchirer lui-même avec ses amis. Rome sera détruite ; qui donc oserait s'opposer à son dessein ? — Moi ! répond Idamis, et leur fille aussi implore la clémence d'un père. Spartacus résiste à leurs larmes ; il retourne au combat d'où il revient bientôt mortellement blessé.

Il me semble qu'autour de ce fier esclave tant de fois vainqueur des Romains et qui les fit trembler au faîte de leur puissance M. H. Magen a effeuillé encore trop de fleurs. Que Renaud ait besoin de fouler aux pieds ses guirlandes de roses, à la bonne heure ; mais Spartacus ! ce n'est que le bruit de chaînes brisées qui doit retentir sous ses pas. Sans doute il eût été plus difficile de créer un intérêt sans amour dans un sujet qui l'exclut essentiellement ; mais c'était là une difficulté d'exécution dont il eût été bien flatteur de triompher. M. H. Magen ne l'a pas tenté. Il faut avouer qu'il a su donner à l'amour de Spartacus des proportions héroïques Idamis a une physionomie nouvelle au théâtre. Quant au principal personnage, il se développe fort bien, si non dans des situations variées, au moins dans des scènes et par des tirades remarquables de style, de pensée, de mouvements ; M. H. Magen est poète dramatique, son vers est frappé à la bonne enclume. On peut à plus de titres dire de ce *Spartacus* ce qu'on a dit de celui de Saurin ; s'il ne s'y trouve point cette gradation qui produit un vif intérêt dans les pièces du genre pathétique ou terrible, l'auteur, avec le seul ressort à peu près du courage, de la grandeur d'âme et de l'amour de la liberté, a su fortement captiver l'attention et provoquer l'applaudissement général.

Nous nous étions procuré quelques tirades de l'ouvrage de M. H. Magen ; nous espérions pouvoir les donner aujourd'hui à nos lecteurs. C'est partie remise pour ces beaux vers ainsi que pour la longue queue de drames, comédies et vaudevilles dont les titres sont alignés en haut de notre article. — Chez nous, le feuilleton propose et la politique dispose

ÉTIENNE **ARAGO**.

LE COMMERCE.

Le sujet de *Spartacus* a déjà tenté plus d'un écrivain, et l'on ne peut nier que les brillantes qualités du héros, l'audace de l'entreprise, les étonnants succès qui en signalèrent le début, et la catastrophe sanglante qui la termina, ne soient de nature à séduire l'imagination d'un poëte tragique. Saurin fit jouer en 1760 un *Spartacus* qui réussit, et qui est resté la meilleure de ses pièces, ce qui ne veut pas dire que ce soit un chef-d'œuvre, loin de là. Servilement soumis aux impérieuses exigences de la Melpomène du XVIII° siècle, qui ne voulait frayer qu'avec des familles royales, ou tout au moins patriciennes, et qui eût dédaigneusement repoussé la bassesse d'un *vil gladiateur*, Saurin mentit résolument à l'histoire : il fit de Spartacus le fils d'un roi des Suèves, et, ne montrant qu'une portion de sa vie, il se garda bien de le présenter secouant sa chaîne et la brisant. Nous ne voyons que le chef d'une armée victorieuse, l'amant aimé de la fille d'un consul, le héros triomphant, puis trahi et vaincu. Les tortures de l'esclavage, les douleurs de l'abjection, les fureurs concentrées de la haine méditant la vengeance, l'explosion de la révolte, tout cela se cache dans l'avant-scène ; c'est donc la partie la plus poétique et la plus dramatique en même temps de son sujet que Saurin a volontairement négligée.

Le nouvel auteur, M. Hippolyte Magen n'a point agi ainsi. Plus à l'aise que son devancier, grâce aux libertés que le théâtre a conquises, il a pu suivre, et il a suivi avec un consciencieux scrupule, pour la peinture des caractères, la marche des événements et la reproduction des mœurs de l'époque, les récits des divers historiens qui ont raconté la vie de son héros : on voit partout qu'il s'est inspiré de Tite-Live, de Velléius Paterculus et de Plutarque.

Les nobles qualités que Plutarque prête au gladiateur, M. Magen les a données au héros de sa tragédie, et le développement de ce caractère fait honneur au talent du jeune écrivain. Nous ne sommes pas aussi contents de la partie romanesque de la pièce ; nous aurions de sérieuses réserves à faire sur le mariage secret de Spartacus avec la sœur du consul Varron, cette *Idamis*, dont le nom, fort étrange pour une Romaine, ne nous plaît guère plus que sa position équivoque, nous allions dire impossible ; mais ne troublons point le triomphe du poète. Une action sagement conduite, des pensées exprimées avec énergie, un dialogue souvent concis et ferme, des détails de mœurs bien étudiés et poétiquement rendus, ont justifié les unanimes applaudissements qui ont accueilli l'ouvrage de M. Magen et l'ont vengé des dédains de messieurs les comédiens de la rue Richelieu. Cette tragédie, reçue d'abord à correction, a été durement refusée à une seconde lecture, par ce même comité qui vient d'accorder à *Robert Bruce* les honneurs de la représentation. Un fait explique l'autre

Nous aurions grande envie d'adresser des éloges à Ballande qui a joué le rôle de Spartacus ce jeune comédien était honoré de l'amitié de notre excellent et illustre confrère Soumet, qui avait encouragé, soutenu ses premiers pas dans la carrière, et ce souvenir est tout-puissant sur nous. Certes Ballande mérite qu'on le loue pour le soin qu'il apporte à la composition de ses rôles ; il ne manque ni d'intentions tragiques, ni de vigueur dans certains mouvements de passion spontanée ; mais pourquoi sa diction laisse-t-elle tant à désirer ? Pourquoi nous dérobe-t-il presque toujours le dernier hémistiche de l'alexandrin, de sorte que, la plupart du temps, on perd la moitié de ce qu'on voudrait entendre ? S'il avait jamais à dire des vers de M. Beauvallet, nous lui pardonnerions de grand cœur ; nous ne pouvons pas être si indulgent quand il s'agit de ceux de M. Magen ; ils méritent qu'on nous les donne tout entiers

ANCELOT.

LE SIÈCLE

Le sujet de Spartacus est assurément un des plus beaux, un des plus sympathiques que l'antiquité nous ait légués ; il plaît aux cœurs indépendants. Il fut traité avec énergie, en 1760, par Saurin ; le souffle d'une révolution prochaine s'y faisait sentir, et le grand mot d'humanité y résonnait avec éclat. L'idée, en général, chez Saurin, a de la grandeur et le vers de la fermeté ; mais l'intrigue manque d'animation véritable ; ce sont des entretiens philosophiques à la façon du dix-huitième siècle. La tragédie de *Spartacus* était donc à refaire, et M. Hippolyte Magen a tenté cette entreprise avec courage. Cependant il s'est trop maintenu, comme son prédécesseur, dans la convention classique ; il n'est pas descendu assez avant dans les profondeurs de Rome, comme dans un autre Herculanum, pour y saisir les mystères de son organisation sociale, pour présenter un tableau exact et vivant de ce monde si barbare dans ses lois et dans ses mœurs, si raffiné dans son langage et dans ses plaisirs. Il a renfermé Spartacus dans l'enceinte des sept collines et dans l'intérieur du foyer domestique, au lieu de lui donner l'espace à parcourir et de le montrer dans toute sa force, dans toute sa grandeur. Ce qu'il faut louer chez M. Hippolyte Magen, c'est un esprit intelligent et chaleureux, une âme pleine de nobles pensées, un style bien nourri, des qualités qui annoncent une vocation tragique ; il ne s'agit que de régler l'emploi de ces qualités ; et l'étude et le temps sont de grands maîtres. M. Hippolyte Magen a reçu du public l'accueil le plus encourageant et le plus mérité. Ballande a soutenu sans faiblir le rôle de Spartacus.

HIPPOLYTE LUCAS.

LE MONITEUR UNIVERSEL.

Je ne crois pas nécessaire d'ouvrir mon Plutarque : d'extraire de la vie de Crassus les quelques pages qui nous ont fait connaître Spartacus, cet esclave devenu un moment l'effroi de Rome. L'anecdote est généralement sue.

Spartacus me paraît réunir toutes les conditions d'un héros de tragédie, pourvu que l'on sache le placer au milieu d'une action intéressante, toute à inventer, car l'histoire ne fournit rien qu'une grande et noble figure, isolée. Saurin, qui le premier présenta Spartacus sur la scène, vers le milieu du siècle dernier, ne fit pas de grands frais d'imagination ; il se contenta de mettre en opposition la haine du gladiateur contre Rome et son amour pour une Romaine. Cette invention vulgaire lui offrait peu de ressources, et il n'avait pas en lui assez de force pour suppléer, comme Corneille, à l'absence de l'action par l'ampleur des détails. Il eut beau s'enfler et se guinder, il n'était pas de taille à remplir l'habit de l'auteur de Sertorius et de Cinna. La maigreur et la pauvreté du sujet se sentent sous ses draperies à l'antique, qui, de tous côtés, retombent molles et flasques. Il y a pourtant quelques scènes saillantes, entre autres celle où Spartacus vient se livrer à ses soldats révoltés ;

cette scène a cela de remarquable qu'elle semble avoir inspiré à Schiller une des plus belles situations de ses *Brigands*. Le style de Saurin, quoique souvent dur et obscur, n'est cependant pas sans mérite ; on y trouve quelques tirades énergiques, quelques vers heureux. Voltaire disait : *frappés sur l'enclume du grand Corneille !...* Ce que c'est que le besoin de se faire des prôneurs !... Enfin, à la représentation, le *Spartacus* de Saurin n'est pas sans effet, et je me rappelle l'avoir vu fort bien accueilli, sur le même théâtre de l'Odéon, lorsque M. Joanny jouait le principal rôle. Saurin, dans ce *Spartacus premier*, parfaitement classique, comme il était convenable au temps où il est né, montre le gladiateur arrivé au terme de ses succès, faisant les derniers efforts pour renverser la puissance de Rome et succombant. L'auteur du *Spartacus second* prend les faits de plus haut, et n'arrive pas moins à la catastrophe obligée. Notre temps permet cette licence.

Après avoir sauvé la sœur du consul d'une mort presque certaine, en l'arrachant à la fureur d'un lion échappé de l'arène, le gladiateur Spartacus est devenu secrètement l'époux de cette dame romaine : de cette union cachée est née une fille, déshonneur de sa mère. Seize années se sont écoulées, pendant lesquelles Spartacus a médité son affranchissement, la ruine de Rome et la réhabilitation de son épouse. Un de ces rois barbares que Rome gardait comme ôtages, Tigrane, s'est associé à la conspiration ; il a promis des secours étrangers. Bientôt tout sera prêt... En vain Idamis, son épouse, veut-elle le retenir ; il faut qu'il obéisse, sous peine d'éveiller les soupçons ou de s'attirer un châtiment qui compromettrait ses projets... Il combat, il est vainqueur ; mais pour cette lutte on l'a armé, lui et les autres gladiateurs ; ces armes, entre les mains des esclaves, vont devenir funestes à leurs maîtres. La révolte éclate. Mal secondés, les esclaves sont repoussés. Spartacus, prisonnier, va mourir, lorsque Tigrane lui vient en aide, le délivre. Libre, Spartacus appelle à lui tous les esclaves de l'empire ; son armée devient formidable ; il plante ses tentes aux portes de Rome ; mais dans une dernière bataille il est vaincu et meurt de ses blessures entre les bras de sa femme et de sa fille.

De ce plan, comme de celui de Saurin, naissent peu de situations nouvelles et intéressantes ; mais il y a place à de beaux développements, et l'auteur a su en profiter habilement. Jeune sans doute, car on nous a dit que cette tragédie était son premier ou vrage ; il a de l'âme , de la chaleur , une bonne et solide érudition ; il fait bien le vers ; avec cela l'on émeut , l'on passionne le parterre d'un théâtre comme celui de l'Odéon , sensible surtout au mérite du style ; sous ce rapport , ce *Spartacus* , le dernier ouvrage important de cette campagne dramatique , me paraît l'œuvre la plus remarquable de l'année. Ainsi est encore une fois vérifiée la parole :

« Les premiers seront les derniers ; les derniers seront les premiers. »

T. SAUVAGE.

L'ILLUSTRATION.

Où chercher maintenant notre éclat de rire de la semaine ? En voici trois qui ont retenti à l'Odéon presque dans la même soirée : *Une Aventure de Panurge*, *les Nouvelles d'Espagne*, *une Provinciale*. Il s'agit encore de mari , de femme et de mariage. Sous ce point de vue , les trois pièces n'en font qu'une , et elles ont obtenu un égal succès. Ce trio mélangé de prose et de vers mérite de survivre à la clôture momentanée de l'Odéon , et il ressuscitera d'un jour à l'autre avec le théâtre. Ainsi du *Spartacus* de M. Hippolyte Magen. Ce jeune poète est une nouvelle victime des Hérodes lettrés de la rue Richelieu. Heureusement pour les poètes tragiques contemporains , l'Odéon arrache leurs œuvres au massacre périodique qu'en font Messieurs les Sociétaires ; il les recueille , il les choie , et les dresse de son mieux , et se conduit à leur égard en excellent père de famille. Il est arrivé souvent que la tendresse de l'Odéon s'est égarée sur des enfants peu dignes de son intérêt , enfants boiteux et malsains , voués à la mort dès le berceau ; mais aussi combien n'en citerait-on pas qui ont fait honneur à leur patron et justifié sa sollicitude et son humanité. L'ouvrage de M. H. Magen mérite assurément une place brillante dans cette élite , et depuis *Lucrèce* , la tragédie n'avait assisté à pareille fête au-delà des ponts. *Spartacus* a été salué par des bravos frénétiques , et l'auteur s'est vu célébré comme son héros et sa pièce ; il a été rappelé et couronné sur la scène , comme Voltaire après *Irène*. Comparaison injuste , puisque *Irène* est une mauvaise pièce , et que *Spartacus* est une œuvre méritoire. A vrai dire , ici, *Spartacus* s'éloigne un peu de l'idée qu'on s'en fait assez généralement ; ce n'est pas l'esclave révolté, le vil gladiateur dont parlent les historiens, et que sanctionne la vraisemblance ; c'est plutôt Spartacus bon père et bon époux, c'est un noble cœur, un cœur de patricien, un esprit éclairé qui s'est nourri de Sénèque (piquant anachronisme), et qui a dû lire dans Tite-Live l'histoire de Coriolan. M. H. Magen a fait de Spartacus le beau-frère de Lucullus, personnage consulaire, l'époux de la romaine *Idamis*, l'ami de Tigrane l'arménien, et le père de la fiancée d'un tribun du peuple. Ce Spartacus, qui n'a du Thrace que le nom, se révolte contre Rome pour venger une injure particulière ; il est vaincu, il est vainqueur ; la République s'humilie devant son couteau de gladiateur ; puis il finit par trouver, comme un autre Porsenna, son Mucius qui va le frapper dans son camp, et il meurt en héros chrétien qui *bénit et pardonne*, à la manière du Guzman d'*Alzire*. Cette tragédie est des plus tragiques ; c'est l'action, le langage, la pompe, les imprécations, la tirade et le hoquet convulsif de la tragédie ; c'est quelque chose de possible à la fois et de convenu, de naïf et de guindé ; on s'émeut un peu, on écoute assez volontiers, et l'on finit par applaudir comme tout le monde.

REVUE ET GAZETTE DES THÉATRES

L'Odéon termine sa campagne par un succès de bon aloi. Le *Spartacus* de M. H. Magen a éveillé dans le cœur du jeune public des écoles de nobles et généreuses émotions. Ce succès a été couronné par une des plus brillantes ovations que l'Odéon ait jamais décernées à un auteur et à des comédiens. On a rappelé Ballande, on a rappelé Mlle Frantzia, on a même forcé M. Magen de venir en personne recevoir les applaudissements d'un parterre transporté. Rien n'a manqué à ce triomphe d'un jeune homme qui deviendra un jour, s'il le veut, un poète dramatique remarquable.

M. Magen en est à son début : M. Magen est né dans cette petite et poétique ville d'Agen, que le nom d'un poète populaire avait déjà illustrée. Comme Jasmin, M. Magen est un enfant du peuple. Mais une fortune honorablement et laborieusement gagnée par son père a permis à M. Magen de développer par l'éducation son intel

2

ligence et ses qualités poétiques. Au lieu de rester un poète gascon comme Jasmin, M. Magen a pu devenir un écrivain français. Cela est fort heureux pour l'Odéon, qui a gagné une bonne tragédie.

Nous donnons aujourd'hui l'analyse exacte et assez étendue de *Spartacus*. Elle fera complètement connaître à nos lecteurs les péripéties que M. Magen a su tirer de la donnée pleine d'intérêt et de grandeur qu'il a voulu traiter. L'histoire de cet héroïque esclave a été bien dramatisée par M. Magen. Il a fait parler en beaux vers ce fier Romain, qui a déjà inspiré tant d'artistes et de poètes. Cette belle figure antique, M. Magen l'a reproduite dans son énergique vérité et dans sa majesté naïve. Il a su la placer surtout dans une pièce bien mouvementée, pleine d'émotions, d'intérêt et d'effets entraînants, toutes qualités bien faites pour expliquer le succès que nous constatons ici.

Ballande jouait Spartacus. Dire qu'il a compris M. Magen, c'est faire de cet acteur un grand éloge.

LE COURRIER DES ÉLECTEURS.

Si une tragédie bien faite, bien écrite, intéressante surtout, est chose assez rare par le temps qui court, on ne peut disconvenir qu'une telle œuvre n'emprunte un mérite de plus au nom de son auteur, lorsque celui-ci est un tout jeune homme, nouvellement arrivé à Paris, sans antécédents et sans autres protecteurs que son mérite. Telle est précisément la position de M. Hippolyte Magen, dont le nom a été proclamé, avant-hier, à l'Odéon, au milieu des plus vifs applaudissements, à la suite de la première représentation de *Spartacus*, tragédie en cinq actes. M. Magen a su rajeunir un sujet depuis longtemps déjà traité pour la scène, et il l'a fait avec un bonheur qui donne de grandes et légitimes espérances pour son avenir. Ballande a joué avec beaucoup de talent le principal rôle et a été, à juste titre, rappelé par les acclamations unanimes des spectateurs.

LE CORSAIRE SATAN

« ... Cette pièce est une vraie tragédie, conçue et exécutée avec toutes les allures traditionnelles... L'ouvrage renferme des situations énergiques ; les caractères en sont habilement tracés, et nous y avons remarqué un grand nombre de vers bien frappés. — *Spartacus* est un beau début et un beau succès. »

— ..

LE CHEMIN DE FER, JOURNAL DES VOYAGEURS.

Nous aussi nous avons vu et applaudi l'œuvre de M. H. Magen. Nous aussi nous avons été émus à l'aspect de l'esclave obligé de refouler dans son cœur ses sentiments de père. Fiction à la manière de Saurin, mariage secret qui ôte au personnage sa rudesse et qui théâtralise admirablement ce personnage étudié, du reste par l'auteur, avec cette sévérité historique qui prouve qu'il connaît à fond ses auteurs anciens.

Nous passerons rapidement sur l'analyse, tous les journaux savants et sérieux nous l'ont donnée claire et précise comme l'auteur l'a inventée. Nous lui devons déjà pour cela une grande part d'éloges. L'amour paternel et l'amour de la patrie, voilà les deux sentiments qui agitent et font battre le cœur du principal personnage ; et par une combinaison savamment étudiée, l'auteur a voulu que la femme de Spartacus fût animée de la même pensée, du même amour, du même dévouement pour Rome. Le Thrace et l'Italienne ne font qu'un. Les dieux devaient les confondre et n'en faire qu'une âme ; voilà le fond, la base, et tout ce qui vient se réunir à ces deux personnages concourt puissamment à compléter l'œuvre avec une égale force, depuis le premier vers jusqu'au dernier. Oui, c'est un beau et légitime succès ; oui, l'auteur a bien mérité, et nous ne doutons pas que nous n'ayons un poète dramatique de plus dans la personne de M. H. Magen, car il a échappé à la lourdeur classique et à l'empâtement que donne une trop grande exactitude à copier nos grands maîtres.

Mais comment se fait-il que les princes de la critique, les dispensateurs de la gloire, les hommes appelés à formuler un jugement qui doit être le fanal éclairant le labyrinthe où vont s'agiter

les opinions de tant de spectateurs, et qui doivent trouver un
guide sûr dans l'appréciation du journaliste en titre et pouvant
signer la feuille qui vient s'étaler à 10 heures du matin sur le
divan du ministre, près du fauteuil du penseur et dans l'estaminet
populaire; comment, dis-je, ces hommes ne se sont-ils attachés
qu'à la forme et pas à la pensée..? O Dussaulx! O Geoffroy! où
êtes-vous? L'auteur qui creuse profondément un sujet et qui
plaide avec une action allégorique une cause sociale est à peine
compris. On écoute ses vers, on dit qu'ils sont nets, bien faits,
énergiques et puissants... Mais le but de ces deux mille vers, on
n'en dit pas un mot, le poète cependant tient beaucoup plus a
l'une qu'à l'autre. Sa mission n'est pas de jeter des sons plus ou
moins harmonieux, de faire entendre des soupirs et de rêver
comme autrefois Elvire sur les poétiques bords du golfe de Baïa;
elle est plutôt dans la moralisation de la foule à laquelle il doit
jeter ces germes des grandes vertus, peindre ces nobles dévouements, et donner des exemples qui font tressaillir et méditer.
L'auteur de *Spartacus* n'a pas choisi sans un motif sérieux un
sujet aussi grave. Un roi déchu conspirant avec le gladiateur, lui
pour réconquérir son trône et l'autre pour recouvrer sa liberté.
Qu'avez-vous dit de cela? pas un mot. L'amour de la famille, le
tribun Ruscile dominant le consul Lucullus par ses patriotiques
accents, et ce même roi d'Arménie soumis à l'esclave son maître
par les sentiments et sa convaincante énergie; Spartacus, précur-
seur du Christ qu'il pressent comme le pressentait Platon, admi-
rant Ruscile qui l'a blessé, parce qu'en le frappant, Ruscile a
défendu sa patrie. Ne sont-ce pas là de grandes leçons données
aux peuples ?

Voilà, Messieurs, ce qu'il fallait développer, voir dans l'œuvre
enfin. — la pensée prédominante.

LE JOURNAL DES THÉATRES.

Voilà un début qui promet à la France un poète dramatique dis-
tingué. Dans un temps où ceux qui aspirent à la gloire du théâtre
épuisent leurs efforts dans une imitation servile, ou corrompent
leur talent à la poursuite d'une originalité qui se fonde sur des
idées bizarres et des sentiments étranges, c'est avec plaisir que

l'on voit un jeune inconnu se présenter dans l'arène littéraire n'ayant d'autres guides que sa raison et son goût.

Tous ceux qui ont jeté les yeux sur l'histoire romaine savent que le héros de cette tragédie passa presque toute sa vie dans l'obscurité et dans l'abjection. Enrôlé par contrainte dans les milices romaines, vendu ensuite comme esclave et destiné aux jeux sanglants du Cirque, il s'échappe de Capoue où il était enferme dans une école de gladiateurs, se met à la tête de ses compagnons d'infortune, et avec un courage nourri par l'enthousiasme de la liberté et le souvenir des injures, triomphe des armées consulaires, humilie l'orgueil des Romains et fait trembler l'Italie entière. Rien de plus théâtral que le caractère de Spartacus, et M. Magen l'a présenté dans un jour avantageux : mais pour l'ajuster aux nécessités de la scène, il a fallu contredire la vérité historique et blesser quelquefois la vraisemblance ; car, il faut l'avouer, la vie du gladiateur se compose d'incidents qui forment plutôt une suite d'épisodes que le développement d'une action. Saurin qui a traité ce sujet avec un certain succès a reconnu cette difficulté, et pour l'aplanir il n'a pas fait conscience d'admettre une foule d'hypothèses qui renversent les notions historiques les plus respectées ; et il a eu si peu d'égards a l'observation des mœurs, qu'on ne concevrait pas les fautes qu'il a commises s'il n'avouait dans sa préface qu'il a voulu tracer le modèle d'un grand homme tel qu'il en concevait l'idée, plutôt que le portrait d'un personnage historique. Malgré ses défauts, sa pièce a été plus d'une fois reprise avec succès, et grâce a quelques scènes, à certains morceaux de style empreints d'une mâle énergie, et a plusieurs traits que Voltaire trouvait dignes de Corneille, la tragédie de Saurin garde une place distinguée dans notre littérature dramatique. M. H. Magen, tout en s'écartant des documents de l'histoire a conservé à l'esclave de Thrace sa physionomie antique, et l'a fait parler d'une manière plus conforme a son vrai caractère. Voici en peu de mots l'analyse du *Spartacus* de ce jeune auteur . . . .

Lucullus revient d'Orient à la tête d'une armée victorieuse et va recevoir les honneurs du triomphe. La famille de Tigrane, roi d'Arménie, est condamnée à servir d'ornement au char du vainqueur. Tigrane se plaint de la honte qui tombe sur sa famille et entretient Arsace de ses projets de révolte concertés avec Spartacus. Idamis, sœur de Lucullus, arrive, et raconte comment le gladiateur lui a sauvé la vie en l'arrachant à la férocité d'un lion échappé du Cirque :

Elle ajoute que la reconnaissance ayant fait place à l'amour, elle l'a épousé secrètement, et que de ce mariage est née une fille. — Spartacus paraît au milieu des gladiateurs qui s'apprêtaient à entrer dans l'arène : il s'entretient de ses projets avec Tigrane qui voudrait mettre aussitôt les projets de révolte à exécution. Lucullus arrive et annonce à sa sœur le dessein qu'il a formé de l'unir en mariage à un sénateur. Cette alliance réparera l'outrage qu'elle a fait à son honneur. Idamis refuse, et sur les instances de Lucullus, avoue qu'elle se trouve engagée dans des liens indissolubles. Cependant Spartacus songe à briser ses fers. L'amour de la liberté et la haine des Romains doublent son courage. Son espoir est ranimé par la nouvelle que Mithridate, après avoir mis en déroute une armée romaine, marche sur Rome. Mais tout à coup Lucullus découvre le secret d'Idamis et s'apprête à se venger de l'esclave. Spartacus trouvera la mort au Cirque en combattant un tigre. Idamis arrive et apprend à quel sort est voué son mari : son désespoir est au comble : Spartacus triomphe de la bête féroce et revient à ses projets de vengeance ; mais il est trahi, et la hache du licteur l'attend. Idamis se présente et lui apprend que Tigrane vient à son secours. On entend du bruit ; ce sont les licteurs qui viennent chercher leur proie. Mœnius, leur chef, ordonne qu'on s'empare de Spartacus. — N'approchez pas, leur dit-il, et il veut se donner la mort lui-même. Idamis lui arrache le poignard des mains. Survient Tigrane, lequel annonce que des conspirateurs surgissent de toutes parts et que le jour de la délivrance est arrivé. — Au cinquième acte, Spartacus est dans son camp devant Rome. Il s'apprête à détruire cette ville orgueilleuse : rien ne la sauvera de sa haine. Idamis implore sa pitié par de douloureuses supplications : — Tu respecteras ma patrie, lui dit-elle. Spartacus demeure inébranlable. Une nouvelle trahison se découvre dans son armée ; il vole au combat ; mais, hélas ! la fortune l'abandonne ; il revient mortellement blessé ; il expire.

Cette pièce a été vivement applaudie. On y trouve de l'intérêt, du mouvement, de la vigueur, du style, enfin les qualités qui font le succès de l'œuvre et la réputation de l'écrivain. Le public, après avoir applaudi les acteurs, a voulu que M. Magen, lui-même, vînt sur la scène.

Spartacus est joué avec un ensemble satisfaisant, et la mise en scène fait honneur au décorateur. M᠆ FRANTZLA, dans le rôle d'Idamis, a montré de la sensibilité, de la noblesse, et a justement mérité l'approbation du public. CLÉMENT-JUST est en progrès, mais il est toujours froid et monotone.

LE PORTE-FEUILLE

REVUE DIPLOMATIQUE.

Encore une tragédie, avec ses formes sévères, ses allures solennelles et majestueuses, une tragédie enfin conforme aux règles et aux traditions du 17ᵉ siècle. Certes, nous sommes loin de placer une œuvre de cette nature au plus haut point de l'échelle théâtrale! Il nous répugne de préférer le beau au vrai, l'idéal au réel; nous ne saurons jamais comprendre qu'on fasse de l'art pour l'art, qu'on crée une œuvre de pure imagination, sans application possible, sans relation immédiate avec le monde des faits. Mais nous nous garderons bien aussi de refuser à la tragédie toute valeur et toute influence. Si elle n'agit pas directement sur les idées et les passions de l'époque; si elle ne roule que dans le cercle d'un passé bien loin de nous; si elle ne s'attache pas à satisfaire aux besoins du présent; du moins elle élève la pensée dans de hautes régions, elle grandit et développe noblement les caractères, elle proclame de puissants enseignements. Cela est vrai surtout de l'œuvre que nous avons à analyser aujourd'hui. Indépendamment d'une grande valeur littéraire, la pièce de M. H. Magen renferme de hautes leçons, des idées généreuses, et cette faculté d'émotion qui les grave dans les cœurs.

Le sujet de la tragédie nouvelle est, — selon l'habitude du jour, — pris dans les annales de Rome, dans cette histoire si grande et si agitée, qui vit tant de combats et tant de luttes, où se heurtèrent tant de crimes et tant de vertus. Nous sommes en pleine décadence. Rome n'est plus ce qu'elle fut sous les Scipion et les Fabrice. Le *siècle d'or*, les *saintes et pieuses années* existent à peine dans le souvenir des vieux sénateurs. Les Romains sont encore conquérants; — jamais peut-être ils ne le furent davantage; — mais la ville éternelle étouffe et meurt sous le poids de ses conquêtes. Le luxe de l'Asie venge les nations.

La mode est aux combats de gladiateurs. *On avait*, dit Florus, *fait un art de ce qui autrefois était le supplice des ennemis.*

Telles sont les mœurs romaines au moment où s'ouvre le drame qui fait le sujet de la pièce de M. Magen.

Un laniste, nommé Lentulus Batiatus, tenait à Capoue un gymnase où il dressait des gladiateurs

A s'arracher entr'eux la vie avec adresse.

Un de ces malheureux dont l'âme est aussi noble que sa condition est servile, *anima imperatoris in corpore vili*, se révolte à la vue d'une destinée si affreuse. Avant d'être gladiateur, Spartacus avait servi la république en qualité de mercenaire. N'ayant pu se plier au joug de la discipline romaine, il avait déserté ; et, repris comme brigand, on l'avait envoyé à Capoue pour y apprendre les jeux sanglants du Cirque. *Ne vaut-il pas mieux*, dit-il à ses compagnons d'infortune, *combattre et mourir pour notre délivrance, que pour l'amusement d'un peuple superbe et cruel ?* Cette idée circule, fermente, et agite bientôt toutes les têtes. Soixante-dix gladiateurs s'échappent de la *ville des délices*, envahissent les maisons des rôtisseurs, enlèvent des couperets et des broches, et vont se fortifier sur le Vésuve. De là, ce nouveau volcan doit se répandre sur la Campanie et y promener l'incendie de ses fureurs et de ses haines. Cet amas de brigands thraces et gaulois songe à recommencer l'histoire de Rome. Tous les proscrits de la dictature qu'une mesure impolitique du sénat a refusé de rappeler après la mort de Sylla, se rangent sous les ordres de Spartacus.

Les premiers succès de cette armée indisciplinée la rendent maîtresse de toute l'Italie méridionale ; et bientôt soixante-dix mille combattants brûlent de marcher sur Rome. Spartacus contient avec peine leur ardeur. Il forme une armée régulière, organise plusieurs corps de cavalerie, fait fabriquer des boucliers d'osier et de cuir, des épées et des javelots avec le fer des chaînes de l'esclavage ; — puis il s'avance au devant des consuls de l'an soixante-douze, qui, ayant séparé leurs forces, sont battus l'un et l'autre. Crixus, un des chefs des gladiateurs, est mort dans la mêlée : Spartacus veut qu'il lui soit fait de magnifiques funérailles. Il se souvient du Cirque et des jeux barbares qu'on y célébrait. Il force trois cents prisonniers romains, *les plus jeunes et les plus braves*, à combattre en gladiateurs ; il massacre le reste des captifs, repousse avec fierté les nombreux transfuges qui viennent

s'abriter sous ses drapeaux ; puis il marche sur Rome. Les deux
consuls l'attaquent dans le Picénum et sont vaincus. C'était le moment de frapper Rome ; Pompée achevait d'arracher l'Espagne à
l'assassin de Sertorius : Lucullus était enfermé dans les forêts obs-
cures et inextricables de la Thrace ; — Spartacus hésite cependant, en voyant devant lui la reine du monde. La majesté du co-
losse, les destins qui lui furent promis le troublent et l'effraient.
Il redescend vers le midi, et se prépare à jeter ses troupes en Si-
cile pour y rallumer la guerre des esclaves. Mais son armée lui
résiste. Habituée à vaincre, elle veut achever sa conquête et as-
souvir sa fatale vengeance. Spartacus est forcé par elle de revenir sur ses pas. A Brundusium, il est entouré par trois corps d'armée commandés par Crassus, Pompée et Lucullus. Certain désor-
mais que son destin a fini, que sa dernière heure de gloire a
sonné ; il tue son cheval : *J'en trouverai assez d'autres*, dit-il, *si j'ai
la victoire ; et si je suis vaincu, je n'en aurai plus besoin.* Le combat s'engage, sanglant, acharné, impitoyable. Percé d'un trait à
la cuisse, Spartacus lutte encore appuyé sur ses genoux. Il tombe
enfin en homme de cœur, *quasi imperator occisus est.*

Tel est le sujet auquel M. Magen a demandé ses premières inspirations tragiques. Ce drame, avec toutes les circonstances historiques, est loin d'être terrible ; il n'est pas même pathétique. Il a
de la grandeur, de l'héroïsme ; il parle à l'admiration plutôt qu'à
l'amour ; il frappe l'esprit et non le cœur. Le talent, —pour inté-
resser un public qui a besoin qu'on violente ses émotions, — était
dans l'alliance heureuse et difficile du genre héroïque et du genre
pathétique. Pour cela, il fallait choisir un sentiment qui entrât en
lutte avec l'héroïsme du personnage, sans le dénaturer, sans en
effacer l'éclat. L'amour est trop absolu, trop exclusif ; il aurait
nui au caractère du héros. Témoin l'œuvre froide et sans intérêt
de Saurin, où Spartacus amoureux est plus comique que tragique.
M. Magen a vu l'écueil et a su l'éviter. Au lever du rideau, nous
apprenons que Spartacus est depuis quinze ans l'époux d'Idamis,
sœur du consul Lucullus Varron ; qu'un flamine a béni secrètement cette union dont est née Junie. Comment la sœur d'un
consul a oublié la pourpre de sa famille et aimé un gladiateur.
Idamis nous l'apprend elle-même :

J'étais dans cette enceinte où s'apprêtait la fête
Qui de Rutilius célébra la défaite.

Quand, brisant tout-à-coup son lien impuissant,
Dans l'arène un lion s'élance en rugissant.
On fuit de toutes parts... et ma course plus lente
Semble me désigner à sa fureur sanglante.
J'implore du secours et mes cris éperdus,
Étouffés par la peur ne sont pas entendus.
Je me retourne..... horreur !... ma force est épuisée,
Je chancelle,... il est là... son haleine embrasée
M'attire à lui.. sa gueule écume et va s'ouvrir ;
S'il bondissait encore, il me fallait mourir.

. . . .

Et lorsque je revins par degrés à la vie,
Le lion expirait près d'un gladiateur
Qui tenait dans ses mains le fer libérateur
Je l'aperçois encore avec s n œil de flamme,
Sur le lion qui meurt posant sa forte lame :
On eût dit qu'à Minerve il avai emprunté
Ce courage paisible et cette majesté.

. . . .

Je revis Spartacus souvent. Que vous dirais-je ?
Tout en lui me plaisait : je le compris, un jour,
Quand la reconnaissance eut fait place à l'amour.

Tel doit être le motif des tortures du gladiateur. Il a une femme qu'il aime et qu'il lui est donné d'entrevoir à peine, quand, suivant le sombre cortége de Lentulus, il se rend au Cirque pour combattre ses frères. Il a une fille qui ne connaît pas son père, en face de laquelle il doit dévorer sa plainte, étouffer les élans de sa tendresse ! Tous ces sentiments, toutes ces faiblesses ne dénaturent point le caractère du héros : ses projets sont aussi grands, son activité aussi dévorante, sa lutte aussi héroïque. Seulement, Spartacus ne sera pas un demi-dieu; ce sera un homme, avec toutes les faiblesses de l'homme ; mais avec le courage du héros qui sait les dompter. Aussi intéressera-t-il, remuera-t-il les âmes?

Nous ne chercherons pas les inexactitudes historiques qui peuvent se rencontrer dans la tragédie de M. Magen. Nous ne sommes point de l'avis de ceux qui exigent le respect le plus sévère, le plus rigoureux de la vérité historique. Nous admettons, au contraire, que l'auteur peut la dénaturer, la fausser dans de certaines limites, et la plier aux besoins de son œuvre, pourvu qu'il n'altère pas les mœurs générales du siècle. Nous serions donc plutôt disposés à blâmer M. Magen de ne s'être pas assez écarté sous de certains rapports, du caractère de son héros, tel que l'ont consacré Tite-Live et Florus.

Spartacus eût été à nos yeux une nature bien plus grande, bien plus pure, bien plus noble, si, à son amour de la liberté, n'étaient pas venues se joindre la haine et l'ambition.

Néanmoins, en suivant les données des poëtes latins, M. Magen a su donner au caractère de son héros cette puissance d'action et d'unité qui est l'écueil des jeunes talents. Dès le premier acte, l'attention du spectateur est captivée. Ce premier acte n'est pas seulement une exposition, c'est-à-dire la mise en relation du public avec les personnages, la connaissance de leur situation, de leurs intérêts, de leurs mœurs, de leurs desseins et du lieu où la scène se passe ; il y a déjà un commencement d'action. La netteté, la clarté de cette exposition rappellent celle de Bajazet. Le second acte s'empare plus largement de l'action. Une scène surtout y est à remarquer. C'est celle où le tribun Ruscile implore en faveur de Spartacus la clémence du consul. Il y a cette argumentation serrée, cette logique de raisonnement, cette dialectique vigoureuse que Corneille possédait au plus haut degré. Le troisième acte, qu'on croirait composé de deux scènes seulement, est incontestablement le plus beau de la pièce. Au moment où le rideau se lève, Idamis se précipite sur la scène, effrayée, les cheveux épars. Elle fuit le cirque ; les hurlements de cette foule grossière et sauvage qui bondit, recule et revient avec rage, l'ont épouvantée. Cris affreux ! sanglantes fureurs ! Spartacus est calme cependant. Son œil est fier, sa bouche railleuse.

> On dirait qu'un dessein roule dans sa pensée.

Mais quand ses yeux ont aperçu Junie dans les galeries du cirque,

> La douleur a passé sur ses traits obscurcis,
> Et son front s'est bientôt couvert de noirs soucis.

Idamis souffre et se désespère de voir Junie dans le cirque, ignorant quel homme est promis au trépas.

Tout se tait ! peut-être que le peuple hésite à livrer à la mort le gladiateur dont tant de fois il vit l'adresse et le courage !... Peut-être que Tigrane a obtenu sa grâce !.. Un horrible mugissement de la foule vient arracher Idamis à cette dernière illusion... et bientôt la voix de Spartacus se fait entendre :

> Romains, l'esclave va mourir !

C'est le *morituri te salutant* de Claude.

Idamis s'approche vers le bord de la galerie qui domine l'arène

> Oh ! ciel !... le tigre.

Elle tombe évanouie. Junie accourt aux cris de sa mère, et, après l'avoir rappelée à la vie, lui raconte ce qu'elle a vu :

> On demandait le tigre ; on était las d'attendre ;
> Avec un art cruel on avait excité, etc.

D'horribles applaudissements éclatent. Il expire, s'écrie-t-on, de toutes parts.

Idamis entend ces mots, et la douleur l'égare. Elle maudit le peuple ; elle maudit surtout le sénat :

> Il fonde sur ces jeux sa faible autorité ;
> Il triomphe... et le sang est l'unique salaire
> Qu'il offre après la lutte à l'hydre populaire.

Cette immense et sainte douleur est à son paroxysme. Elle se dirige vers le cirque :

> Je vais lui reprocher ce forfait exécrable !

Elle s'arrête tout-à-coup..... et recule.

> Spartacus !....................

Spartacus, en effet, vainqueur du tigre d'Hyrcanie, s'avance au milieu de ses amis, suivi des bravos de la foule et du sénat.

Il n'existe peut-être dans aucune de nos tragédies, tant anciennes que modernes, une scène plus émouvante, plus pathétique. Il y a le *phobos* et l'*eleos* dont Racine avait fait sa devise. La gradation de l'intérêt, le crescendo des émotions y sont ménagés avec un art qui étonne de la part d'un débutant.

Le quatrième acte, celui où viennent ordinairement se réunir et se nouer les fils de cette trame qui constitue la charpente, le squelette d'une œuvre dramatique, — et le cinquième où ces fils se dénouent pour amener à la conclusion, — paraissent affaiblis et pâles après le troisième. Ils ont néanmoins une valeur incontestable et continuent à soutenir l'intérêt jusqu'au dénoûment qui arrive sans secousse, sans effort, de lui-même et par son propre poids. Sans dépendre rigoureusement les uns des autres, les événements se succèdent et se lient. Et si les entrées et les sorties ne sont pas suffisamment motivées, si les apparitions sont parfois choquantes, nous n'en ferons pas un crime à l'auteur, mais à la tragédie elle-même, cette grande et belle fausseté, cette magnifique invraisemblance. Qu'on me cite une œuvre quelconque des maîtres du xvii° siècle , qui n'ait heurté cette pierre angulaire de l'édifice tragique !

La versification de M. Magen est facile , colorée , élégante , — trop élégante , peut-être , pour une tragédie. Le rhythme est plein d'harmonie et de variété ; le vers toujours bien coupé , la chute gracieuse et musicale. On devine une imagination jeune et riche , une oreille délicate , une nature vraiment poétique. L'énergie ne perd ses droits cependant à cette habitude d'élégance et de grâce. C'est par les vers bien frappés , énergiques , que se fait surtout remarquer la pièce de M. Magen. Presque tous ces vers renferment une idée noble et généreuse , un sentiment grand et élevé, se traduisant sous forme de sentiments et d'idées vécues , senties , au lieu de cette sentimentalité factice , de cette passion à l'eau rose , de ce placage dramatique qui signalent toutes les productions du jour.

Malgré cette énergie de sentiment et cette force de style , le poète se laisse trop souvent aller au charme des descriptions. Dans une tragédie qui vit d'action et non de développements , il est plus utile d'écouter la raison que l'imagination , d'obéir plutôt au goût qu'à l'oreille. Quand on veut chausser le grave cothurne et se draper dans l'austère toge des Quirites , il faut arrêter les élans de cette organisation pleine de sève et de folie que le soleil méridional donne à tous ceux qu'il inonde de sa chaleur. Il faut que cette effervescence vive, que cette flamme jaillissante viennent se refroidir et s'épurer au creuset de la raison et du goût , et y déposent tout ce qu'elles ont de prismatiques rubrosités , de scories scintillantes.

Pour parler de la représentation , chaque acte a été vivement . bruyamment applaudi. Il n'y a pas eu des bravos seulement , il y a encore eu un sifflet ; mais un de ces sifflets qui valent tous les bravos ; car il a provoqué de la part du parterre une manifestation bien flatteuse pour M. Hippolyte Magen. Ce n'est pas tout encore : plus de douze cents voix ont , après la proclamation du nom de l'auteur , demandé son apparition sur la scène ; et le jeune débutant a paru pâle et tremblant. Un mot à ce sujet. Nous comprenons parfaitement qu'un public , — entraîné par l'expression de pensées hardies , de sentiments élevés , échauffé par une versification nerveuse et imagée , ne puisse garder son enthousiasme , et rappelle l'auteur ; — nous pourrions l'expliquer au besoin , en nous reportant à nos propres sensations. Nous pensons aussi que , dans ce cas , il est du devoir de l'auteur de se rendre à cette manifestation , qu'après tout , son œuvre seule a provoquée. Mais nous

ne savons voir dans cette démarche qu'un acte de politesse, de
contenance qui ne constitue aucun droit. Et, s'il arrivait par ha-
sard qu'un auteur, aveuglé par une fausse modestie dont il n'est
pas juge, en présence du public, refusât de répondre à l'appel
de ce dernier, nous blâmerions un directeur ou régisseur de
théâtre qui abuserait de l'inexpérience d'un débutant et de l'eni-
vrement qui accompagne et suit un succès, au point de lui faire
violence et de l'entraîner malgré lui.

Mᵐᵉ Frantxin, dans le rôle d'Ismnis, s'est surpassée. Nous la
savions jolie femme; nous ne pensions qu'elle pût si dignement
occuper une place parmi nos tragédiennes. M. Balande est un
artiste consciencieux. Malheureusement, il n'ose pas être lui-
même; et son modèle ne saurait le mener loin. Un peu moins de
gestes, un peu moins de chant, et ce serait un excellent Sporta-
cus.

HENRY R.

LE FURET DE PARIS.

La tragédie de M. H. Magen méritait d'apparaître à la scène dans
un moment plus favorable. En effet, la première représentation a
eu lieu le 8 juin, au commencement des chaleurs, et quelques
jours à peine avant la clôture annuelle du théâtre.

La manière dont les journaux ont rendu compte de cet ouvrage,
qui était, en même temps, le début dramatique du jeune poète,
s'est ressentie de ces fâcheuses circonstances. Non que tous
n'aient été d'accord pour donner à la tragédie et à son auteur les
éloges et les encouragements dus à l'une et à l'autre: mais, à
quelques exceptions près, la critique n'a pas accordé à une tentative de cette importance toute l'attention qu'elle méritait.

Et ce n'est pas sans dessein que nous employons le mot *tentative*.
M. Magen est, dans notre opinion, l'auteur qui a le plus heureusement travaillé à concilier les règles sévères de la tragédie ancienne avec les formes plus libres, les allures plus dégagées de la
tragédie moderne.

Son sujet et ses personnages appartiennent à l'antiquité, et cependant tout est neuf dans l'aspect sous lequel il les a présentés.
C'est que les maîtres de la scène n'avaient emprunté à l'histoire
de Rome et de la Grèce que les héros de ces deux nations. Ils n'a-
vaient mis au théâtre que des empereurs, des rois, de nobles
guerriers, de grands capitaines. Saurin, lui-même, en y produi-

sant Spartacus le gladiateur, s'était cru obligé de dénaturer, pour ainsi dire, la physionomie du personnage. M. Magen la lui a resti. tuée. Plus son héros est dans une position abjecte, plus noble est la lutte qu'il lui fait entreprendre pour régénérer les Romains. Spartacus a, sans doute, ses ressentiments particuliers à satisfaire; la haine et la vengeance l'inspirent ; mais, au bout de ses efforts, il entrevoit un noble but.

> « Le monde doit en lui voir son libérateur. »

Sa haine n'est pas comme celle de Mithridate , la rage d'un ennemi vaincu dans les combats; c'est la haine d'un cœur généreux, méconnu, opprimé, et sa cause est celle de la liberté et de l'humanité tout à la fois.

Voilà ce qui a fait le brillant et légitime succès de l'ouvrage. Voilà ce qui rendra ce succès durable, car pas de doute que Spartacus ne reprenne, à la réouverture de l'Odéon , le cours , à peine commencé , de ses représentations. Alors, l'occasion se présentera tout naturellement, pour nous, de développer les idées que nous ne pouvons qu'indiquer aujourd'hui.

Ce succès que l'ouvrage a trouvé à la scène , il le trouvera non moins grand à la lecture. Le style de M. Magen a une énergie qui ne le cède en rien à celle de sa pensée , et ses vers sont de ceux sur lesquels l'esprit aime à se reposer , soit qu'il fasse parler Ida- mis, digne épouse d'un tel homme , ou la douce Junie, cette mal- heureuse enfant qui ne connaît un instant son père que pour as. sister à sa mort.

Nous n'aurons pas recours à des situations détachées pour justi. fier notre jugement. L'ouvrage est de ceux qui ont besoin d'être lus en entier, pour être dignement appréciés.

F. DE LABOULLAYE.

L'HOMME GRIS DE BORDEAUX.

Il y a tout au plus un mois que le *Spartacus* de M. H. Magen a été représenté pour la première fois sur le second Théâtre-Fran- çais. La salle de l'Odéon a retenti, ce soir-là, des applaudisse- ments de la foule; le succès a été grand, légitime, incontesté

Cette œuvre, où l'on trouve à chaque page le sentiment de tout ce qui est beau, respire un ardent amour de la liberté. Toujours enthousiaste des idées généreuses, la jeunesse des écoles a accueilli cette pièce avec une chaleureuse bienveillance ; et la presse parisienne a été, pour ainsi dire, unanime dans l'appréciation du mérite littéraire de l'auteur.

La pièce de M. Hippolyte Magen ne perd rien à l'analyse d'une froide lecture ; — et notre témoignage ne saurait être suspect de partialité, car nous sommes un peu de ceux qui croient que l'art antique a fait son temps, — et qui ressentent une répulsion naturelle devant les tirades de convention et les formes usées de la vieille tragédie. Aussi, tout en livrant à la critique la part de l'école dramatique réactionnaire, dont M. H. Magen se fait un des champions, nous plaisons-nous à reconnaître dans cette œuvre une versification soignée, pure de style et souvent heureuse d'expressions, une sensibilité vraie, une philosophie libre et d'une haute portée.

On voit que M. Hippolyte Magen a fait une étude approfondie de l'antique Italie. Il a surtout observé avec une investigation patiente le caractère de ce Thrace révolté, portant sous les haillons de l'esclave le cœur d'un héros, Spartacus, qui de ses fers brisés, fit trembler sur sa base ... me la superbe, à l'apogée de sa gloire et de sa puissance, — et mourut, en combattant, libre, et martyr de la liberté.

LE MÉMORIAL AGENAIS

Vous vous souvenez sans doute d'un joli volume de poésie imprimé à Agen, il y a quelques années. C'était le début d'un jeune homme qui dérobait à son travail quelques *heures de loisir*, pour les consacrer aux muses, noble délassement qui a déjà fait tant de noms célèbres et enrichi les lettres de si précieuses conquêtes !

Ce jeune homme, qui nous initiait ainsi à ses confidences, était né parmi nous. Son livre fut accueilli et lu avec plaisir. Dans ce recueil de pièces légères, où déborde la sève de la jeunesse, on distinguait des élégies touchantes, souvent des intentions, quelquefois des réalités. Ce début méritait d'être remarqué, sinon comme un succès éclatant, au moins comme une espérance. On a deviné que nous parlions de M. H. MAGEN. Aujourd'hui que l'horizon s'est agrandi, nous aimons à revenir sur les premiers essais du poète, ne fut-ce que pour assister à la marche de ses idées. Mais, mon Dieu ! comme nous voilà déconcertés ! Qui l'eût dit alors, que ce talent gracieux et mélancolique viendrait un jour arborer fièrement le drapeau de la tragédie, et prêter sa muse à Spartacus, à l'héroïque gladiateur

Ecce ego qui gracili quondam modulatus avena,
Carmen.

Nous voilà donc maintenant loin du point de départ, ne sachant par quel chemin nous sommes arrivés et comment l'enfant s'est fait homme. Seulement, un jour, toutes les bouches de la renommée nous annoncent le triomphe de *Spartacus*, tragédie en cinq actes de M. H. MAGEN. Qui de nous n'avait accompagné de ses vœux la tentative de ce nouvel athlète, attiré, comme tant d'autres, par l'appât de la grande ville ? Hélas ! le poète abandonne ses amis, le public qui a encouragé ses premiers pas et qui prend une part fraternelle à ses succès ; il va sur un plus vaste théâtre chercher des indifférents, courir les hasards de la lutte, peut-être même risquer la guerre des côteries. Honneur à ceux qui ont pu vaincre ! On ne peut plus apprendre à personne parmi nous que *Spartacus* a eu de chauds applaudissements à la représentation, qu'il a obtenu les suffrages de plusieurs de nos littérateurs les plus éminents, et qu'il a ses entrées libres dans le répertoire de l'Odéon. Les journaux de Paris ont enregistré ce succès ; ceux-ci avec effusion, ceux-là avec une sorte de mauvaise grâce, contrain-

3

te qui lui donne plus de prix. Quel éloge vaudrait ces mots de
M. J. J. : « malheureusement la pièce a réussi. »

Malheureusement ! Pourquoi ? Ceux qui parlent ainsi ne s'en
cachent pas : pour eux la tragédie a fait son temps ; c'est une form-
ule et stérile. On est surpris du ton familier et dédaigneux avec
lequel ces novateurs littéraires traitent notre ancien théâtre, qui,
à tout prendre, nous semble avoir laissé quelques chefs-d'œuvre.
Mais la tragédie ne sympathise plus avec nos mœurs : en cela peut-
être on pourrait avoir raison ; ces figures grandioses, qui sont le
legs d'un passé brillant, se trouvent un peu dépaysées dans notre
siècle d'intérêts égoïstes et d'avides passions. Le drame convient
mieux en effet, parce qu'il est plus ressemblant. Faites donc des
drames ; c'est ce que l'on appelle naïvement *puiser aux sources de
la nature*. La tragédie, cependant, réussit quelquefois, témoin
Spartacus, après *Lucrèce* et *Virginie*. Ne serions-nous pas si mé-
chants que nous en avons l'air ?

Ce succès est d'hier et retentit encore ; il se prolonge pour nous
par la sympathie pour l'auteur, et s'est retrouvé sur notre scène
à la représentation de jeudi dernier. M. MAGES a répondu à l'intérêt public, en nous donnant sa tragédie ; M. RALLANDE, qui est
aussi presque un compatriote, a prêté son concours à l'œuvre :
l'un et l'autre doivent être satisfaits. La foule se pressait au théâtre ; les applaudissements partaient de toutes les mains. — Nous
faisons grâce de l'analyse de la pièce ; tout le monde l'a lue ou la
lira. On voudra savoir comment le poète a lutté contre les diffi-
cultés du sujet. Spartacus, l'esclave, s'insurgeant contre Rome, la
maîtresse du monde, se mesurant avec les plus glorieux capitaines, vaincu enfin, après avoir été trois fois vainqueur, c'est là,
il faut l'avouer, un magnifique spectacle. Mais cette sourde conspiration, ces succès qui finissent par une catastrophe, se prêtent-
ils suffisamment à l'action tragique ?

La sculpture a fait un chef-d'œuvre ; il y a dans la statue de
Spartacus, due au ciseau de Foyatier, toute l'épopée de l'in-
surrection violente de l'esclave. C'est que le poème est dans l'homme ; la parole y est inutile ; elle ne pourrait qu'affaiblir cette sublime expression de la force triomphante. On avait jusqu'ici une
tragédie de Saurin, qui a moulé son *Spartacus* sur un déclamateur
et un philosophe. C'était un personnage à refaire. L'entreprise
était hardie, et peut-être impossible ; M. MAGES l'a cependant
conduite heureusement jusqu'au troisième acte. Son héros a de la
vigueur ; si quelquefois sa parole s'affadit par trop d'élégance et

de recherche, souvent elle triomphe par l'audace. La dernière scène du troisième acte est empreinte d'une passion mâle et éloquente. L'acte entier est remarquable ; c'est une idée éminemment dramatique d'avoir groupé autour de Spartacus ces haines vivaces que le triomphe des Romains a suscitées dans le cœur des vaincus de toutes les nations, et de les avoir conviées à ses malédictions ; elle est d'ailleurs parfaitement rendue. Quelques scènes du second acte doivent aussi être remarquées.

C'est encore un beau rôle que celui d'Idamis : non que l'on puisse admettre la donnée de son mariage secret ; mais, comme physionomie tragique, la conception est riche. Que dirait-on de nous, si nous venions ajouter que là était peut-être l'écueil ? Cette femme pourra-t-elle porter jusqu'au bout le fardeau d'un double héroïsme ? L'action n'est-elle pas trop rapide pour allier le contraste de deux dévouements dont chacun suffit à la force humaine ? Le quatrième et le cinquième acte souffrent un peu de ces transformations. On y trouve cependant quelques scènes pleines d'intérêt, et qui couronnent heureusement un travail consciencieux. — M. MAGEN a été nommé au milieu des acclamations générales. Le succès de la ville natale n'a pas été moins vif que celui de l'Odéon ; sans doute il a été plus doux. A demain la deuxième représentation   *******

———

LE JOURNAL DE LOT-ET-GARONNE.

Après le retentissement qu'a eu le succès de la tragédie de M. H. Magen, après l'éclat dont cette première œuvre dramatique de notre compatriote a brillé sur la scène de l'Odéon, il était naturel que nous fussions impatients de connaître Spartacus. Nous l'avons enfin vu sur notre théâtre. C'est jeudi dernier qu'a eu lieu cette représentation si vivement attendue, à laquelle la présence d'un acteur très remarquable, notre compatriote aussi, M. Ballande, donnait un intérêt nouveau.

A Paris, le succès a été grand, bruyant, incontesté. Les principaux organes de la presse ont été unanimes pour constater, pour sanctionner ce succès, et pour rendre justice et hommage aux qualités éminentes qui brillent dans l'ouvrage de M. H. Magen. Eh bien ! les éloges de la presse, les applaudissements enthousiastes de la jeunesse des écoles, l'ovation des acteurs, le désir mani-

festé par le public parisien de voir sur la scène l'auteur lui-
même : nous nous sommes expliqué tout cela. A Agen, comme à
Paris, le succès a été complet, l'ovation brillante, l'approbation
unanime. Rappel de l'acteur principal, appel de l'auteur, applaudissements, couronnes, bravos, rien n'a manqué. C'est qu'en effet, il y a dans cette tragédie une belle poésie, puissante et douce
tour-à-tour, des sentiments noblement exprimés, des pensées libérales et généreuses fortement traduites, de l'intérêt, du style,
en un mot tout ce qu'il faut pour plaire à tous.

Les applaudissements de la ville natale doivent caresser bien
doucement le cœur d'un poète ; car pour les obtenir d'elle, il faut
qu'il les mérite doublement. La petite patrie est une bonne mère,
si l'on veut ; mais craignant sans doute de faire des jaloux parmi
ses nombreux enfants, elle est avare de faveurs pour celui qui se
distingue entre tous.

Elle ne gâtera donc pas M. Magen. Elle saura restreindre ses
éloges et faire la part de la critique, afin qu'à l'avenir, loin de se
laisser aveugler par la vanité, ce masque étouffant du cœur, l'auteur de *Spartacus* s'efforce d'arriver à mieux, et d'éviter les imperfections qu'on lui a signalées, et sur lesquelles nous nous garderons de revenir, après les aristarques de la presse parisienne.

Telle que l'histoire nous la représente, cette figure antique de
Spartacus est frappante de noblesse, de générosité, de grandeur.
Elle nous apparaît dans les ombres du passé poursuivie par une
destinée fatale, et l'on est involontairement ému au souvenir de
cet esclave qui avait sucé avec le lait maternel l'horreur de la ty-
rannie, et qui s'était inspiré, dans les montagnes de sa patrie, de
l'amour de l'indépendance et de l'humanité.

Lutter corps à corps avec Rome toute puissante ; concevoir, méditer, accomplir le dessein de conspirer contre ce *géant des empires* ;
soulever contre elle tous les malheureux qu'elle tenait dans ses
fers et qu'elle faisait servir à ses amusements barbares ; vaincre,
humilier cette orgueilleuse reine du monde, n'était-ce pas là un
rêve qui paraissait impossible ; et ce fut pourtant le destin de
Spartacus. Que de courage, de volonté, d'héroïsme n'a-t-il pas
fallu à ce généreux gladiateur, auquel il n'a manqué ni l'auréole
de la victoire ni la consécration du revers !

Sur la scène, cette figure imposante était faite pour inspirer
l'admiration et la sympathie. Dans la tragédie de M. Magen, elle
ne perd rien de ses grandes proportions. Seulement ici, à côté du

héros , on voit l'homme ; a côté du fier gladiateur , le père ; a côté de Spartacus , l'époux d'une Romaine. Le noble cœur du Thrace ne pouvait pas seulement être rempli par des projets de révolte et de vengeance. L'amour, les douleurs , les joies de la famille y tiennent une place aussi : nouvelles sources d'intérêt et de scènes émouvantes où le poète puise avec bonheur.

Cette tragédie est remplie de mouvement , de scènes vigoureuses , de situations pathétiques et de beaux vers. Comme on l'a dit, le rôle de Spartacus est fier et bien tracé. Le caractère d'Idamis est noble , il est digne d'une Romaine du temps de la république. Les sentiments qui animent les personnages reçoivent toujours sous la plume de M. Magen une expression de vérité , de grandeur et d'énergie qui convient à la tragédie.

Le troisième acte tout entier offre des beautés de premier ordre. La scène de la conspiration est surtout remarquable ; nous n'en extrairons rien , il faudrait tout citer.

Après avoir essayé d'esquisser à grands traits la pièce de M. Magen , parlons de la manière dont elle a été rendue.

Quand nous fut annoncée , il y a de cela quelques semaines une représentation de la tragédie de M. Magen, nous crûmes, franchement que la réalisation de cette promesse était impossible. Il nous semblait en effet que la majestueuse gravité de l'alexandrin serait un fardeau trop lourd pour ceux de nos acteurs qui jouent le vaudeville. Et puis nous nous disions que lorsqu'on n'a pas l'habitude de la déclamation tragique , on est souvent forcé d'allonger le vers ou de le raccourcir, selon que les mots arrivent plus ou moins vite a la mémoire trompée : témoin cette charmante *Ciguë* de l'Odéon. qui devint, l'an dernier, dans la bouche de nos acteurs, une espèce de parodie et comme une *olla-podrida* littéraire.

La troupe qui dessert notre théâtre est d'ailleurs et surtout une troupe lyrique ; il était donc naturel de penser que la plupart de nos artistes feraient , à leur insu , passer dans leur débit quelque chose de leur manière , une sorte de chantonnement ; en un mot, qu'ils donneraient à leur rôle l'allure et la couleur d'une monotone et traînante psalmodie. Pour résumer toutes nos craintes, nous jugions notre troupe incapable d'interpréter convenablement une tragédie en cinq actes et en vers.

Mais nous comptions sans M. *Ballande*. Un acteur d'un mérite reconnu qui vient pour jouer le rôle principal au sein d'une troupe formée d'éléments hétérogènes nous fait assez l'effet d'un peintre qui, d'un coup de pinceau magistralement jeté sur la toile d'un de ses élèves, adoucit les tons crûs et fond habilement les couleurs trop disparates, de manière à rendre harmonieux et agréable à l'œil l'œuvre inexpérimentée du commençant.

Tel a été le résultat de l'influence de M. Balande. Quand on sent aussi vivement que lui ; quand, au lieu d'exhaler comme un son faible et creux la phrase poétique, on a l'air, comme il le fait, de la couler dans l'airain, quand enfin on s'efface aussi complètement que lui derrière la figure historique qu'on est chargé du soin de reproduire, on doit nécessairement imprégner de sa chaleur et de sa verve tout ce qui se meut autour de soi......

www.ingramcontent.com/pod-product-compliance
Lightning Source LLC
Chambersburg PA
CBHW060854180626
46818CB00004B/1698